シリーズ自句自解Ⅱ　ベスト100

JikuJikai series 2 Best 100 of Kiyo Tsukui

津久井紀代

ふらんす堂

目次

シリーズ自句自解Ⅱベスト100　津久井紀代

余寒なほ命をたくす命綱

1

「命綱」は第一句集の題名。俳句を始めてまもなく「夏草」第五百号記念大会で「命綱」三十句をもって第一席を頂いた。山口青邨先生の序句は「銀水引命の綱と人かなし」であった。跋は有馬朗人先生。「『命綱』三十句を以って一人の新人が生れた。……三十句はその後の紀代作品の原型が示されている」と評してくれた。

（『命綱』）

寒病棟走ることしか知らぬ母

2

一泊の外泊が許されて自宅に帰った。枕許で母から余命三か月であることを告げられた。病院へ戻るタクシーの中でラジオから三島由紀夫の自決の実況をリアルタイムに聴いていた。十一月二十五日という日は生涯忘れられない日となった。来る日も来る日も病院の廊下を医師の白衣の後を転げるように追っていた母の後ろ姿。五十年経った今もありありと目に焼き付いている。

（『命綱』）

6 − 7

泣くための声寒風に奪はるる

3

母は太っていた。明るくいつもにこにこして誰からも好かれるとびっきりお人よしであった。一年三百六十五日、三年間一日も欠かさず病室に通ってきた。右手には西瓜、左手には洗濯した着替え、大きな体をゆすりながらやってきた。家族のたわいもない話をして帰って行った。今思えばもう大丈夫だから来なくていいよ、と何故言ってあげなかったのか、悔やんでも悔やみきれない。薬害で声が奪われ、爪がぼろぼろになった。

（『命綱』）

花冷のこの世のものをかたづける

4

一泊の外泊から病院に戻って、ロッカーの荷物をかたづけた。始末しようと考えたわけではないが、自然に体がそうさせた。死ぬということはこんなに静かなものか、と思った。心が座っていた。覚悟のようなものが自ずとできていた。思いっきり我がままをぶつけていた母に「申し訳なかった」という気持がそうさせたのだと思う。

（『命綱』）

あはれ冬胸開き待つ回診日

5

命の保証がない私に、主治医の久富先生が良くしてくれた。当直の時は夜、爪を切りに来てくれた。ある日、枕元に一冊の「夏草」誌と歳時記、東京女子大の「白塔会」の冊子を、気が向いたら、と言って置いていった。妹さんが「白塔会」で活躍されていたことによるものである。難しくてわからなかった。後に、この一冊の本がきっかけで俳句の道に進むことになる。

（『命綱』）

地球儀をまはしロシアに雪降らす

6

奇跡的に命をいただいて退院することができた。一冊の「夏草」誌を頼りに、堀之内で行われていた例会に初めて参加した。そこで山口青邨先生にお目にかかった。例会の帰りに黒田杏子さんがお茶に誘ってくれた。古舘曹人、上井正司、有馬朗人、斎藤夏風、本橋仁、そうそうたる先輩である。青邨先生から準巻頭をいただいた句。

（『命綱』）

みくじ凶知らぬまに雪やみてをり

7

「夏草」で準巻頭をいただいた。このころは俳句は作らなくても感覚的にどんどん湧いてきた。昭和五十六年四月、「夏草新人賞」をいただいた。今俳人協会の事務局長で理事の染谷秀雄さんは同時に新人賞を受賞した友人である。結婚の時、同じ新人賞の坂本靖夫さんと二人でモンブランの万年筆をお祝いにくれた。今も大切に使わせていただいている。私の宝である。

（『命綱』）

春寒しひろげて夜の不思議な掌

8

夜更けてひとりになった時、ふと掌に不思議を感じることがある。掌は私の感性をくすぐる道具である。「てのひらのやうに重ねて紫蘇を売る」など、沢山の「てのひら」の句を作った。有馬先生は「鋭い感覚と自らの運命を冷酷なまでに客観視する強さがある」と評してくれた。「てのひら」は第三句集の題名とした。

（『命綱』）

野蒜掘るかなしき力われにあり

9

「夏草」の先輩が大沢の野川に連れ出してくれた。手付かずのままのなつかしい風景。水車がのったりと水を持ちあげては零す。菜の花の黄が光にきらきら輝いている。土手の草花を摘みながらたっぷりとした時間を費やした。野蒜を抜いているとき、「かなしき力」という言葉が湧いてきた。自分の無力という意味も含まれている。

（『命綱』）

人の死が枯菊を焚くほどのこと

10

横浜の奥地、誰も行かないような中国の寺に「夏草」の大先輩亀田清子さんが案内してくれた。「たんぽぽや土葬身の丈あからさま」「土饅頭赤い線香霜に挿す」「旅の荷のごとく遺骨を風花す」と詠んだ。異様な風景に詩心が動かされた。この時の作をまとめた「港町」三十句が「夏草」五百五十号記念俳句大会で第一席を青邨先生からいただいた。帰りに亀田さんの自宅に招かれ、どんぶりいっぱいの茶碗蒸しをご馳走になった。美味しかった。

（『命綱』）

掌の苺月日の如く二つあり

11

掌にはたくさんの思い出が月日の如くある。第一句集『命綱』を編み終えて結婚。お仲人は有馬朗人先生。古舘曹人先生も列席くださった。俳句の道に導いてくれた久富先生ご夫妻。勤め先のリギングインターナショナルのボス夫婦。今でもアメリカから誕生日とクリスマスにカードを送ってくれる。外資系に秘書として長く勤務していた。

（『命綱』）

肉さげて帰る我が家と呼ぶも寒し

12

結婚した当初の正直な気持ちである。長い間暮した世田谷の母の家から吉祥寺の家に移った時、鍵を廻しながら、帰る所はここなのか、と複雑な気持ちに襲われたことを鮮明に覚えている。感覚的に「寒い」と思った。同時作に「雪の日の刃物にぎれば母恋し」という句がある。

（『赤い魚』）

舞ふ人のこの世にひとり薪能

13

奈良興福寺での作。張り詰めた空間の中でたった一人で舞う人。篝火に浮かぶ舞。この世の人とは思えない不思議な感覚であった。この時代は素朴で、今の時代のショー的な要素は微塵もなかった。舞う人の孤独を感じ、「この世にひとり」が頭の中に浮かんだ。同時作に「火に畳む扇いちまい薪能」「薪能をはりてほどく舞の指」を得た。

（『赤い魚』）

朝顔や畳二枚の診療所

14

奥能登での作。結婚して週末ごとに綿密な計画を立てて二人で旅をした。畳二枚の診療所、リヤカーの少しの茄子の荷、魚の匂いの橋を渡って夏草の生い茂る農道を分け入った所にある寺に古い地獄絵図が掛けてあった。夜は烏賊釣舟の灯が一つずつ消えてゆくのをいつまでも見ていた。日本の原風景のような懐かしさを覚えた。「夏草」に特別作品「奥能登二十句」を発表した。

（『赤い魚』）

一位の実深くかなしき村に来て

15

時雨のバスをいくつも乗り継いで奥飛騨に入った。

時雨の中に一位の実の真赤が印象的であった。

「この村に美しきもの赤蕪」「御陣屋の三十五畳火恋し」「新米をたたみにひらふ神楽殿」「しぐるるや掌にあたためて越の蕎麦」「ちんまりとこの世の人の草履編む」などを得た。どこかに人の息遣いが聞こえてきそうな、深く哀しい村に来ていると思った。昭和の頃の懐かしい風景である。


（『赤い魚』）

紅梅や大きな橋の御茶ノ水

16

昭和五十八年古舘曹人俳句道場「ビギン・ザ・テン」第一期生として入会。各結社の第一線で活躍している人が厳しい試験を受けて入会。幸いにも私は無試験であった。期間は三年間。入会金二十万円。自己改革を目的とするというものであった。感覚ばかりを重んじていた私のその後の俳句に大きな影響を与えた。掲句は句会で曹人先生より絶賛された句。私としては平凡だと思ったが、後に曹人先生の著書にまで取り上げてくれた。

（『赤い魚』）

冬柏右へ曲れと言はれけり

17

古舘曹人先生とビギン・ザ・テンの仲間で一泊旅行によく行った。同じところに何時間も滞在しなければ名句は生まれないと説かれた。極寒の釧路行きで鶴の凛とした姿は曹人さんの生きざまに似ていた。掲句は信濃に山葵田を見にいったとき、道を迷うような山深いところで、誰かが「右へ曲れ」と叫んでいた。句会で曹人さんに褒めていただき、言葉のもつ不思議を思った。

（『赤い魚』）

手を解きて遠くが見ゆる花杏

18

第二句集『赤い魚』は角川書店の秋山實さんにお世話になった。装丁は佐藤の案でピンクの表紙に赤い帯。序文は有馬朗人、帯は古舘曹人。曹人さんは帯文に「この作家には少女の匂いがある。黙って瞳をこらした一瞬がある。かなしみに耐えた火のようなもの。ビギン・ザ・テンの道場は私には二度と還って来ない思い出となった。」と記してくれた。身に沁みて贅沢な句集である。

（『赤い魚』）

蟋蟀やここ包丁をしまふとこ

19

「明日が見えぬ掌に芹つみためて」「なにほどもなき春泥に靴汚し」など、この頃の率直な心象風景である。所謂写生俳句には全く興味がなく、虚子に反発していた時代であった。経験を積み、多くのことを学んでいく中で虚子の大きさに気付き、次第に惹かれていくのである。

（『赤い魚』）

囀や鍵穴に夫置き去りに

20

「蛇穴を出て好きなことしてゐたる」という句を作ったことがある。土曜日でも日曜日でも句会があれば出かけなければならない。ただただ私の帰りを待ってくれていた相手にいつも申し訳ない、と思いながら、電車の中を走りながら句会に行っていた。俳句というものはときに人を非情にさせることがある。

（『赤い魚』）

掃除夫に銀のバケツやクリスマス

21

いつも年末年始には外国に計画を立てて、行った。これはパリ凱旋門近くで出来たもの。折しも広場はストライキの人が沢山集まっていた。掃除夫がバケツや箒をもって集まっていた。繋ぎの服はグリーン一色。バケツは銀色。さすがここはパリ。あまりにきれいだったので見とれてしまった。

（『赤い魚』）

夕雲雀大きつばさのニケの像

22

私の句には有馬朗人先生の影響を受けた句が多い。家が近いことから、道の途中でいろいろのことを教わった。西脇順三郎、斎藤茂吉、塚本邦雄、先生が良いと言われたものは買い込んで勉強した。今そのことが大いに役立っている。「夏草」「天為」で有馬朗人小論をいくつも書いた。書くことは俳句を作ることより面白かった。

（『赤い魚』）

寒灯に顔よせて十二月十五日

23

昭和六十三年十二月十五日、山口青邨先生は九十六歳の天寿を完うされた。枕元に古舘曹人さんを呼び、最後の力を振り絞り「以心伝心」と書き記し、曹人さんに後々のことを託された。二十八日夏草会葬が青山斎場で行われた。曹人さんが葬儀委員長を務めた。曹人さんは「私の先生は青邨以外に存在しません。青邨先生に代わって師となる人物がこの世にいないことをしっかり心にもつべきです」と同人の奮起を促し、作家の自立を促した。

（『赤い魚』）

大年の枯野に向きて悔いもなし

24

平成元年五月二十八日、盛岡の東禅寺で埋骨式が行われた。青邨日和であった。遺骨が音を立てて墓穴に消えたとき、曹人さんは青邨との別離にけじめをつけたのである。「夏草」を一代限りとし、「夏草」の会員の自立を促し、「夏草」を平等に九誌に振り分け、師の生誕百年を無事終らせ、「夏草」を終刊。「夏草」をご遺族にお返しし、自らは潔く一線から身を引かれたのである。掲句は曹人さんの影響を多大に受けていると思う。

（『赤い魚』）

その中に石田勝彦若布干す

25

「泉」の友人きちせあやさんに誘われて由比ガ浜に吟行に行った。石田勝彦先生は第一句集『命綱』を高く評価してくれ、以後、いろんなところで声をかけてくれた。今も机の抽斗に先生の手紙が入っている。ときどき出してお人柄を偲ぶのである。手紙は十数枚に及び「今、半分酔って書いています」、とあり俳壇のことなどが書かれていた。ふらんす堂の山岡喜美子さんに結び付けてくれたのも石田勝彦先生であったように思う。

（『赤い魚』）

次の港は風吹いてゐる聖母祭

26

アテネ・エーゲ海での作。相手が真っ青な海が好きで二人で世界中の海に行った。アテネは古代ギリシャ文明の中心都市。パルテノン神殿のドリス式建築の柱が印象的であった。エーゲ海でぷかぷか浮きながら泳いだ。街にはいたるところに聖書売がいた。幼い子供ばかりであった。「行く年の手にひらひらと聖書売」が出来た。「アテネ・エーゲ海」を纏めた二十句は「天為」創刊一周年記念で第一席をいただいた。（『赤い魚』）

父よ父よ冷たき頬よ耳よ口よ

27

平成三年二月父が旅立った。父は備前閑谷学校の国語・漢文の先生だった。広い講堂で全校生を前に講義をしていたのを見て育った。閑谷学校は当時は優秀な男子校で、私は一里のガタガタの山道を自転車で吉永まで下り、汽車で和気高校まで通った。道の真ん中では道幅くらいの蛇が動かなかった。家から駅まで家が一軒もなく、池がふたつ。怖かった。学校の帰りに母から肉やパンを度々頼まれた。

（『赤い魚』）

お茶の花父逝かしめてしまひけり

28

作家幸田文が関谷学校にきたおり、父が案内していたことが、子供ごころに懐かしい風景として残っている。幸田文は背が高く美人。橋本多佳子に似ていた。閑谷学校の近くには今重要無形文化財になっている備前焼の藤原啓さんがいた。父が宿直の時、二人で飲んで壺や猪口など置いて行った。実家には備前焼が沢山ある。

（『赤い魚』）

頭から洗ひはじめし父の墓

29

「父の日や要点のみを手短に」という句を作ったことがある。幼いころ、父への用事は母から伝えてもらった。父は五人の子供を大学に行かせ何不自由なく育てた。土曜日の学校の授業が終わると岡山の新聞社に行き、書評などを書いていたので父と口をきくことはなかった。まじめでひたすら家族のために働いていた。今になって父の存在の大きさに気付くのである。

「父の日や父に詫びたきことばかり」

（『てのひら』）

何もかもほたるぶくろも咲いてゐて

30

石田郷子さんの国立句会に参加。谷保辺りでの作。「人参は人参らしく育ちけり」「はきだめ菊とは真白い星の花」「源氏蛍の一生を見る虫眼鏡」など、この頃は俳句がおもしろいように浮かんできた。石田郷子さんはいつもどんなときも素顔のままの人。いまも会えば心がすぐ通じる。国立から名栗に越され山里の生活を楽しまれている。

（『てのひら』）

茸育ちゆく復活祭の夜も

31

結婚し、夫佐藤実からは多くのことを学んだ。芸術家であった佐藤の影響で多くの画家、絵のことを勉強した。クリスチャンでもあったので聖書のことを教わった。俳句はしないが知識は豊富であった。今、有馬朗人研究をしているが、これらのことが大いに役立っている。佐藤との出会いが人間として私を大きく成長させた。

（『てのひら』）

一条の光を神よかたかごに

32

石田勝彦先生と「泉」の人と練馬に堅香子を見に行った。「うとうととしてかたくりの花ふえて」はこの時の勝彦先生の作。勝彦先生は驕らずいつもみんなと同じ目線で一人一人のことを大切にしてくれた稀有な人である。綾部仁喜先生に「かたくりの花の韋駄天走りかな」がある。ここまで写生を極められたらいいのであるが、ついつい写生より感覚を優先してしまう。

（『てのひら』）

アンリ・マティスの絵の中に春うたがはず

33

絵画展にはよく足を運んだ。「晩秋やイエスを赤くエルグレコ」など、多くの俳句を作った。特にアンリ・マティスの「王の悲しみ」の不思議な色彩は憧れであった。「ダンス」のような単純化された形も好きであるが、明るい色彩に「春うたがはず」と思った。有馬先生が特選に選んでくれた。

(『てのひら』)

蟇夜を不思議と思ふとき

34

古舘曹人さんがＮＨＫＢＳ俳句王国に招待してくれた。岐阜の鵜飼を見て句会。あくる日は岐阜城を吟行した。メンバーは古舘曹人、倉田紘文、田中裕明、岸本尚毅、石田郷子、津久井紀代の六名であった。この句は一日目の句会で高得点をいただいた。「熊蟬やお城に石の落し窓」は岐阜城での作。古舘曹人、倉田紘文、田中裕明、メンバーの半分がすでに鬼籍の人となった。

（『てのひら』）

アイロンを押し当ててゐる良夜かな

35

BS俳句王国がきっかけで、倉田紘文先生よりNHKEテレで夜七時三十分からやっていた俳句入門・俳句講座の番組に招かれた。紘文さんは高野素十の弟子。素十の勧めで「蕗」創刊主宰。別府大学国文学科教授。代表句に「秋の灯にひらがなばかり母の文」がある。ゲストは私と伊藤通明さん。通明さんは「白桃」主宰。「夕月や脈うつ桃をてのひらに」など叙情句が特徴。紘文さんは大腸癌のため七十四歳の若さで死去された。

(『てのひら』)

パウロ祭水に口づけする小鳥

36

ローマに行った時の作。パウロ祭はキリスト教徒迫害によりペテロ・パウロがともに殉教した日。六月三十日に行われる。トレビの泉でコインを投げたりして遊んでいたとき、小鳥が水を啄んでいた。口づけをする、という言葉が湧いてきた。パウロ祭が近かったので、この句が出来たと思う。

（『てのひら』）

鬼女となり梨棚の上歩きたし

37

長い人生の途中でこころとからだがばらばらになることがたびたびある。特にモノが書けないときなどに起こる。そんな時は鬼女になって梨棚の上を歩きたいと思うのである。これは国分寺の梨棚に行って、梨狩りをしたときに出来た。この辺には武蔵野の面影が今も残っている。

（『てのひら』）

突き出して波のかたちに心太

38

NHKBS俳句王国に出席するため、空路松山に行った。兼題が「心太」であった。ちょっと平凡かなと心配したが高得点を得てほっとした。黒田杏子さん、佐藤博美さん、他に何人かいらした。「秋」の石原八束さんがホテルで朝食を取られているところを遠くから拝見した。りっぱな体格をしていらしたので印象に残った。

（『てのひら』）

風貌の堂々として山の梨

39

長男のお嫁さんが山梨の人で、大きな梨を送ってくれた。どこか朴訥としていて、男性的で、風貌が堂々としていた。後に「櫂」代表橋本榮治さんに山廬に連れて行ってもらった。このころから飯田蛇笏・龍太に興味を持ち、平成二十四年作品コンクール「飯田龍太小論――『露の村』周辺」、で第一席をいただいた。

（『てのひら』）

ふみ込んで耳の冷たきところまで

40

古舘曹人さん（先生は青邨のみであるとして、決して先生とは呼ばせなかった）から「杏子を見ろ」「早く句集を出せ」と、時に触れ叱咤激励され、育てていただいた。真っ直ぐなところは青邨によく似ていた。人一倍情の深い人であった。慈愛深い眼差し、だれからも愛された人であった。この句は曹人さんの影響を多分に受けている。

（『てのひら』）

だれよりも小さく生まれ草の花

41

ある日、大木あまりさんからお電話をいただいた。初めてなので大変緊張した。この日から大木あまり、村上喜代子、中西夕紀の四人で吟行会が始まった。これは井の頭公園での作。二人きりになった時、甘い考えでは俳壇で生きていけないよ、と強い口調で叱られたことがある。その時、はっと目が覚めたような心持がした。俳句には厳しい人で、妥協を許さない人であった。大木あまりとの出会いが私の俳句におおきな影響をあたえた。

（『てのひら』）

問はれれば師系青邨雁来紅

42

青邨は誰からも慕われた人であった。虚子も秋櫻子も青邨のことが大好きであった。「夏草」には古舘曹人、有馬朗人、黒田杏子、上井正司、斎藤夏風、鳥羽とほる、などそうそうたるメンバーが集まった。その中に身を置けたということは幸せなことであった。多くのことを学ばせていただいた。青邨先生は頑固で一徹。たしか「とさか」というあだ名があった。「雁来紅」はぴったりであると思った。

（『てのひら』）

めんどりと剃刀研と行く立夏

43

有馬朗人先生から学んだことは数限りない。有馬先生の背中を見て必死に私も努力を重ねた。掲句は斎藤茂吉の「めん鶏ら砂あび居たれひつそりと剃刀研人は過ぎ行きにけり」の本歌取りである。

「ことばの錬金術」という有馬朗人小論で「天為」創刊一周年記念コンクール作品で第二席をいただいた。

（『てのひら』）

喰積はキャベツばかりの象の餌

44

住まいからすぐのところに井の頭公園と動物園がある。象のはな子に会いに良く動物園に行った。喰積二人で鮭にぎりを作って象のはな子の前で食べた。喰積はお正月の季語。キャベツばかりであった。後に「象一頭月下に足を折りて眠る」「象動く気配梅雨の気配かな」を得た。

（『てのひら』）

卒業のごといつせいに鳩立てり

45

鳩は平和の象徴。鳩はなぜか一羽では飛ばない。人が寄ると一斉に群れを成して、空高く飛んでいくのである。その様子を見ていて、「卒業のようだ」と思った。これは「天為」の仲間と上野に吟行に行った時にできた。良き仲間の集まりでなければ、「卒業のごと」という言葉は浮かばなかったであろう。一か月に一度二十人くらい、気の置けない仲間である。（『てのひら』）

一心に夫を看護りてあたたかし

46

相手が病で倒れ、十年間介護をした。車椅子を押して、充実した一日を暮らせるよう二十四時間付ききりで介護した。ただひたすら一心に寄り添った。いつも一緒にいられることがうれしかった。「二十年添ひ来し枝垂桜かな」井の頭公園を二人で散歩していたら見事な枝垂桜があった。

（『てのひら』）

頼もしき母の長生き雁来紅

47

母の回りはいつもあたたかかった。五人の兄弟が入れ替わり母の下に集まった。いつも明るく、九十六歳を過ぎても信じられないくらいよく食べた。正岡子規のことをふと思った。そんな母を「頼もしい」と思った。

（『てのひら』）

あめんばう水輪いくつ作れば死

48

自宅は井の頭公園駅の近く。帰りに神田川を覗いて帰る。あめんぼうが水輪を作っては壊す。人の世の輪廻をふと思った。林田紀音夫の「黄の青の赤の雨傘誰から死ぬ」が頭にあったのかもしれない。あめんぼうに不思議を感じ、よくあめんぼうの句を作った。

「孑孑の顔が見たくてしかたなし」

（『神のいたづら』）

秋の蛇待つ人のゐてまつしぐら

49

介護を十年続けた。俳句は止めなかった。夜更けて、寝静まったあと、薄暗がりの中で俳句を作り、パソコンで書き捨て書き捨てながら評論集『一粒の麦を地に』を書きあげた。片山由美子さんと坪内稔典さんが毎日新聞に取り上げてくれた。私にとって初めての評論集。ふらんす堂さんが根気よく付き合ってくれた。

（『神のいたづら』）

青草を摘む鬼婆とならぬやう

50

「夏草」は自由であった。特に何をすべきかなど、教わった記憶はない。青邨先生の例えば「をばさんがおめかしでゆく海贏うつ中」など、写生や文法からも自由であった。自分で自分の世界を作って行かなければならなかった。青邨先生は俳人である前に、学者であったと今にして思う。古舘曹人、有馬朗人、黒田杏子、など、それぞれがそれぞれの道を切り開き成功し、活躍されている。

（『神のいたづら』）

102 − 103

東京は終の止まり木黒ビール

51

時々、今生きていることが旅の途中であると錯覚することがある。千駄ヶ谷に事務所を構えていた佐藤と帰りに待ち合わせをして、毎日新宿のビアホールでビールを飲むのが常であった。止まり木のような椅子。東京は終の止まり木だと思った。

（『神のいたづら』）

惑星を一つ従へ蛇穴に

52

「夏草」には黒田杏子さんが中心になってやっていた「東京散歩句会」があった。杏子さんに誘われて毎月吟行会をした。有馬朗人先生、上井正司さん、など、二十名くらいが参加した。先輩から惜しみなく、いろいろなことを勉強させていただいた。今があるのも知性ゆたかな先輩に囲まれて自由にやらせていただいたことに拠るものである。

（『神のいたづら』）

大虚子も母も駄々っ子椿餅

53

「亀の子の困ったときのお母さん」「鮟鱇も母も大きな肝つ玉」「冬あたたか母の喜ぶことをして」など、母の句は沢山作った。私の来し方は母と共にあったと思う。母が亡くなって八年、いまだに母の魂は私と共に生きている。だらしないと思うが、それが私なのだからしょうがない。

(『神のいたづら』)

赤絵逝く宮城野の春一番に

54

仙台にお住いの平赤絵さんは「夏草」時代から大変お世話になった人。色白できれいな人であった。お嬢さんが四人いらっしゃるがみな色白の美人である。赤絵さんの訃報を聞いた時は、良いことばかりが思われて哀しかった。「お涅槃に間に合ふやうに逝かれけり」他、まとめて何句か作り、赤絵さんを偲んだ。

（『神のいたづら』）

雀の子種蒔くやうに降りて来て

55

我が家の前は某銀行の頭取の家。犬神家のようなお屋敷。庭に一本の大きな枝ぶりの、幹が赤い多分杉のような樹がある。雪が降った時は絵にも詩にもなる。植木屋が一か月に一度手入れをしている。私はガラス窓から一本の樹を見ながらパソコンを打っている。昔はその樹に鴉が群がっていた。鳩やら雀やら賑やかであったが最近は見ることが少ない。ある日子雀がぱらぱらと種を蒔くように降りて来た。

（『神のいたづら』）

魚は氷に上がり名前を呼ばれをり

56

「天為」に第一土曜会という句会がある。同人加藤早杜子さんが私を強く推してくれた。公私ともに大変御世話になった恩人である。土曜会から多くの同人も出て、一定の評価を得た。多くの人に助けられながら「座」の文学である俳句を極められることを有難く思う。

（『神のいたづら』）

三月の雲多き日や龍太逝く

57

飯田龍太の生きざまが好きで多くの資料を読み込んだ。龍太が亡くなったのは二月二十五日であったが、龍太の、「いきいきと三月生る雲の奥」という句が頭にあったので「三月の雲多き日」として龍太を偲んだ。

（『神のいたづら』）

良い一日であつたと思ふ放哉忌

58

自由律俳句になぜ惹かれるのであろう。心の飢えが詩の中に潜んでいるからだと思う。言葉が琴線に触れるのである。一日の終わりに今日も良い一日であったと思った。放哉、山頭火は座右の書。沢山の忌日の句を作った。

（『神のいたづら』）

水底に石美しき太宰の忌

59

三鷹に太宰治の墓がある。近くなのでたびたび足を運ぶ。命日には墓に火の付いたタバコ、あふれんばかりのさくらんぼ、女性客であふれている。これほどまでに人を引き付ける人は他に知らない。人食い川を左手に万助橋まで歩く。川は雑草で覆われ、水は少ないが流れは速い。

（『神のいたづら』）

暮し向き良く見えてゐる葦簀かな

60

「天為」の仲間と最初は十人ぐらいで始めた吟行会は今は二十人ぐらいが参加し、毎月一回金曜日に吟行が行われている。中心メンバーの高橋多見歩さんが深川に職場があったので下町辺りをよく案内してくれた。夏は葦簀一枚。下町の暮し向きが良く見えた。

（『神のいたづら』）

雁や華僑に赤き四天門

61

横浜中華街で「天為」同人会が二日間に渡って行われた。雨の降る寒い日であった。有馬先生は足の指を怪我されていて、靴下を履いていなかった、痛々しかった。先生は何事もないかの如く、二日間の日程をこなされた。いつもどんなときも凜とした姿はすでに個人ではなく公人として行動されているのだと思った。掲句は当日特選をいただいた。

（『神のいたづら』）

大氷柱金色堂を捉へけり

62

青邨は「光堂かの森にあり銀夕立」と詠んだ。朗人は「光堂より一筋の雪解水」と詠んだ。いずれも光堂を詠んだものである。掲句は大氷柱の美しさを詠んだつもりである。仙台には平赤絵さんがいて青邨先生も朗人先生も何度も足を運ばれた。

（『神のいたづら』）

絵を売つて得し金すこし修司の忌

63

佐藤が設計事務所をやっていたので、お金が足りなくなってよく父の所にお金を借りに行った。お金は返さないまま父は亡くなった。佐藤が芸大の時、有元利夫の額縁のない絵を何枚か買い上げて持っていた。有元利夫は後に安井賞受賞作家。三十八歳で亡くなった。奥さんは陶芸家。有元利夫が亡くなった後も良く有元の個展を見に行った。銀座彌生画廊にお金がなくて絵を売った。額縁のない絵が確か四百万くらいで売れた記憶がある。

（『神のいたづら』）

蛍となり還って来てはくれまいか

64

朝、車椅子を押して二人でパンを買いに行った。帰ってきたら何か様子がおかしいので救急車を呼んで杏林大学病院に行った。もう何回もお世話になっているので、すぐ対応してくれた。まもなくあと三時間であることを医師から知らされた。私の主治医と相談して延命はしないことにした。夜十一時静かに息を引きとった。

「こんなにもさみしい木の葉拾ひけり」
「ふゆざくら息がこんなにさみしいとは」

（『神のいたづら』）

ほそぼそと暮してゐます放哉忌

65

亡くなったあと、例会を粛粛と行っていたとき、有馬先生よりご主人どうなさいましたかと、言われ、驚いた。胸がいっぱいだったので誰にも亡くなったことは知らせなかった。有馬先生に初めて亡くなったことを報告した。しばらくして、掲句を東大銀杏会で投句した。特選に取っていただき、有馬先生が、この句の意味をみんなの前で短評してくれた。

（『神のいたづら』）

青邨の文字が好きなるきららかな

66

青邨に「月とるごと種まくごとく踊りけり」という句がある。青邨の文字を例えるとすればこの句のような感じだと思う。みんな青邨の文字が好きであった。特に「の」の字は青邨の特徴を良く表している。きららもきっと好きで青邨の文字を楽しんでいるのであろう。

（『神のいたづら』）

ピーマンが真っ赤になってしまった日

67

俳句は面白くなくては作る意味がないというのが持論。所謂客観写生の俳句には興味がもてない。だから未だにまともな俳句が出来ないのかもしれないが、持論を曲げるつもりもない。昔ピーマンと言えば緑色であった。いつのまにか赤や黄色が食卓を楽しませてくれるようになった。こんな句が出来た時は楽しい。

（『神のいたづら』）

鉦叩百叩いても父還らず

68

今一番詫びたいことがあるとしたら、父になにも恩返しが出来なかったことであろう。普段は怖かったが、お酒を飲むとユーモアのある人であった。子供のために必死で働いて死んだ。父は幸せだったのであろうか。

（『神のいたづら』）

熟柿落つ青き地球の只中に

69

俳句が「座」の文学であることは自明のこと。俳句によって多くの人と出会い、学び、「今」があることを大切に思う。三年前から、大先輩に声を掛けていただき、外房線御宿に月一回通っている。安房鴨川、勝浦、みな一時間以上かけて集まる。お寺での贅沢な句会。真っ青な海をたっぷりと見て帰る。月に一度味わう至福の時間である。

（『神のいたづら』）

春眠の子が春眠を蹴つてをり

70

こんな句が出来た時はうれしい。どちらかと言うと写生というよりは感覚で作っている。「言霊」という言葉がある。最近俳句とは言霊に宿っている不思議を如何に引き出すかであると思う。

「花冷ゆるとは真白い箱のこと」

（『神のいたづら』）

春は曙トーストが世に飛び出して

71

「春は曙」は清少納言の枕草子冒頭の言葉。夏は夜、秋は夕暮れ、冬は早朝と記されてある。俳句の魅力は、なにか言葉を見つけることだと思う。ただ従来の言葉を辿っていては平凡を脱することは出来ない。「トーストが世に飛び出して」という表現により、日常の明るい朝の風景が描かれたと思う。（『神のいたづら』）

もう一度空が見たくて蛇出づる

「天為」二十周年記念作品コンクール「本の帯」で第一席をいただいた三十句の中の一句。他に「一枚の紙にも音や涅槃寺」「猫の恋ペットボトルがころがつて」「春一番ポテトチップの袋鳴る」「まだ水の色してゐたる初櫻」「春の水地球に出口なかりけり」など。有馬先生が「日常を詩的な視点までもってゆく才気を放った句風」と評してくれた。

（『神のいたづら』）

蝌蚪の紐アインシュタインなら解けさう

73

蝌

蚪の句は沢山作った。井の頭公園には神田川源流発祥の地があり、そこでは多くの生き物の一部始終を見ることが出来る。真っ黒いこんがらがった蝌蚪の不思議。「蝌蚪の紐整理整頓してみたし」と作った。有馬先生の句に「天狼やアインシュタインの世紀果つ」という句がある。少なからず影響を受けていると思う。

（『神のいたづら』）

抽斗の智慧を小出しに十二月

74

有馬先生を見ていて浮かんだ句。有馬先生は抽斗に一杯智慧があり、少しずつ小出しにしていると思った。思いついた言葉を記しておく、と教わったことがある。九十歳のいまも頭脳明晰。世界で有馬先生より優れた知能を持った人はいるのであろうかと思う。

（『神のいたづら』）

少しだけ風吹いてをり鳥の恋

75

アテネのエーゲ海クルーズに行った時の作。五月なのに海からの風が冷たかった。鳥の恋は実際に出くわした季語ではないが、実景の「少しだけ風吹いてをり」が出来て、「鳥の恋」が浮かんだときはうれしかった。先人のあとを追従しているような句が多く見られるが、いかにして独自性をだすかに苦心している。

（『神のいたづら』）

ゆりの木で逢ふ約束を修司の忌

76

新宿御苑に大きなゆりの木がある。有馬先生、上井正司さんたちと吟行したときに出来た。丁度五月であった。若い時は誰もが一度は寺山修司に憧れる。三十五歳で命を絶った澤田和弥も修司に憧れ、多くの修司忌の俳句を残した。もがきながらついに修司に追いつくことが出来ず死という道を選んだのである。惜しい若者を失ってしまった。一周忌に澤田和弥論を発表した。

（『神のいたづら』）

貰はれて来たこと知らず仔猫かな

77

我が家にはクロという真っ黒い猫がいる。貰われてきてから二十年になるが医者にかかることもなく、よく食べ元気である。二回ほど家出したことがある。警察に届けたり、貼紙をしたり、十日ばかりたったある日、三軒先の豪邸にぬくぬくと保護されていることが判明。医者に診てもらい、お風呂まで入れてくれ、帰りは国産の餌をたっぷり土産にもらって来た。

（『神のいたづら』）

ロザリオの音のざらりと夕櫻

78

あるとき、高野ムツオの俳句に憧れたことがある。角川「俳句」の「平成俳壇」コーナーの高野ムツオ選者欄に投稿したのが、この句である。秀逸に選んでくれたので印象に残っている。「ロザリオの音」の発想は宮田カイ子さんの案内で有馬先生たちと五島列島に行った時に浮かんだ。五島列島の独特の空気感は今でも鮮明に残っている。

（『神のいたづら』）

大昼寝虚子五百句を枕とす

79

岡山津山生まれの西東三鬼を顕彰するコンクールが行われている。岡山にはたくさんの同級生がいる。岡山は懐かしい故郷である。西東三鬼のコンクールに参加したことがある。掲句はその時の作品。秀逸賞になって沢山の景品をいただいた。記念すべき一句である。

（『神のいたづら』）

晩夏光日曜だけの道化師に

80

自宅のすぐそばにある井の頭公園は日々の散歩コース。日曜だけの大道芸の人、ライブの人、いつ行っても退屈はしない。「ひと騒ぎして鳰が来る鴨が来る」など四季の移ろいを感じながらそこに身を置けることを感謝している。

（『神のいたづら』）

一書得て祭の中を通りけり

81

神保町は古本の町。思いがけない一書に出会うことがある。時間があればよく通った。ほっとする場所である。丁度神田祭が行われていた。ふっと浮かんだ句であるが、有馬先生に特選に取っていただき、自分の句として残すことが出来た。

（『神のいたづら』）

できるなら海鼠になつてゐたいとき

82

海鼠になってのらりくらりと過ごしたいと思うときがある。有馬先生は常に「努力」ということを実践してこられた。非才な私が付いていくのは大変な努力が必要であった。

私も努力したつもりである。

（『神のいたづら』）

野の石が一遍の墓小鳥来る

83

「天為」の湘南句会に友人の杉美春さんが招いて下さった。そこで多くの友人を紹介していただいた。総勢三十名くらい集まってくれた。みんな純粋で熱心に耳を傾けている様子を見て有難いと思った。多くの人の助けによって「今」がある。初心を忘れず一日一日を大切にしている。この句は仲間と遊行寺に行ったときに出来た。一遍は踊念仏を民衆に勧め、お札を配って諸国を遊行。遊行上人・捨聖と称した。そのことも踏まえて「野の石」という言葉が浮かんできた。

（『神のいたづら』）

168 − 169

いちにちを大木あまりと牡丹焚

84

「天為」の仲間と須賀川の牡丹焚きを見に行った。偶然大木あまりさんが講師として来ていた。牡丹焚きが終わったあと、大木あまりが一人しゃがみ込んで名残の灰を均していた。たった二人きりであったが私は声をかけるのが憚られた。大木あまりの俳句に対する姿勢は只者ではないと思った。私はそっとその場を立ち去った。帰りは駅のホームで句会をした。

（『神のいたづら』）

いつ来ても母のゐる家豆の花

85

母の家はいつ行ったって玄関が開いている。世田谷の住宅街なのに大丈夫なのかしら、と思うのであるが、いつ行っても開いていて、掘り炬燵で母が一人で繕い物をしているのが常であった。有馬朗人先生のお母さんも良く来てくれて母とお昼を食べながら二人で暗くなるまで話していた。有馬先生のお母さんは有馬籌子。俳誌「同人」主宰。一千人の大結社。会員から「お母さん」と慕われ、籌子さんのまわりには笑いが絶えなかった。

（『神のいたづら』）

蛇こはし人間こはし詩がこはし

86

蛇は一番怖い生き物なのに、なぜか蛇の句ばかり作っていた。友人からも揶揄されるほど作った。岡山の通い路での蛇の印象が頭のどこかにインプットされているのかもしれない。

「くちなはのどこまでが喉どこまでが腹」
「蛇出でてまつすぐにゆく気などなし」

（『神のいたづら』）

はじまりはあの角のあの金木犀

87

結婚前に初めていただいた手紙が「窓から金木犀の香りがします……」というような出だしだった。まるで詩人のよう……と思った記憶がある。文字もきれいで温かいものが伝わってきて、印象に残っている。後に我が家となった家には一本の金木犀がある。はじまりの木であったのかもしれない。

（『神のいたづら』）

象死して今麦秋の野を行くころ

88

井の頭動物園の象はな子に会いに良く通った。或時は母を連れ、或時は旦那様を車椅子に乗せ、或時はみんなで吟行をした。そのはな子が死んでしまった。二人で花を買ってお別れに行った。それ以後動物園に行くことはほとんどなくなった。いまごろは母国に帰るため、野を行く途中なのだと思った。

（『神のいたづら』）

波郷辿るカンカン帽を先立てて

89

五年前から友人の紹介で、ある会社の句会に呼ばれ、参加させていただいている。みな精鋭揃いの優れた会であるが、なぜかみんな純粋で卓越したユーモアがあり、二時間があっという間に過ぎる。夜の会であるが、この日は「石田波郷の踪跡を辿る」吟行会。灼けるような炎天下、砂町辺りを二時間歩いた。吟行の様子を「俳句四季」が取り上げてくれた。

（『神のいたづら』）

柿食べて斑鳩の風軽くせり

子規は五十日ほど松山に滞在して十月下旬帰京の途次、奈良に立ち寄っている。「柿くへば鐘が鳴るなり法隆寺」はその時の句。子規は無類の柿好きで三日ほどの奈良滞在中に柿の句をたくさん残している。虚子も『柿二つ』のなかで枕頭にある柿を辛抱できず「十許りを平げた。」と記している。この子規のことが頭にあって出来たのが掲句である。

（『神のいたづら』）

フラミンゴ夜は晩秋の色となる

91

上野はいつ行っても趣がある場所。特に上野動物園は何度行っても飽きることはない。幹事の中島あつ子さんがすべての句会を切り盛りしてくれているので、たっぷりと吟行できることは有難い。フラミンゴを見ていて、この美しさは「晩秋の色」であると思った。ネット句会も良いが、やはり現場に足を運んで、仲間と座を囲めることを有難いと思う。

（『神のいたづら』）

深川はどこ曲りても橋朧

92

句会に招かれている会社は深川にある。いくつも橋を渡り、路地を曲がりながら、会場に着く頃にはとっぷりと日も暮れている。仕事を終えた人が三々五々と集まって来て、句会が始まる頃になると、まるで少年少女のようにきらきらとしている。句座っていいなと思う瞬間である。「文台引き下ろせば……」あとはお酒に興じるのである。

（『神のいたづら』）

紙魚走る子規晩年の当番表

93

子規が優れていたからであろうが、それにしても八重、律、は別として、代わるがわるにそうそうたる俳壇、歌壇、詩人、名士が当番表に従って毎晩子規のお世話をしていたのである。時代背景もあるが、今では信じられない光景である。

（『神のいたづら』）

魂あるとせばこの一本の夕櫻

94

この句が出来たときはうれしかった。私が求めて来た究極の櫻の句が出来たと思った。有馬先生が「天為」の例会で特選に選んでくれた。夕櫻の美しさに触れ内面から湧き出た一句である。

（『神のいたづら』）

人の世に巣箱を架けて兜太逝く

95

金子兜太が沢山の人に惜しまれながらこの世を去った。歯に衣をきせない発言が人のこころを惹きつけたのであろう。一度だけ「件の会」でお目にかかったことがある。トイレの場所を聞かれた。まるで青年のような人であった。兜太は人の世に巣箱を架けたのだと思った。

（『神のいたづら』）

星月夜母ゐるやうに帰り来て

96

母が百歳の天寿を全うした。五人の兄弟が見守る中静かに息を引き取った。主治医はこんなステキな兄弟は見たことがないとほめてくれた。母がいない家。いつ帰っても笑顔いっぱいの母がいつもの座布団に座っているような錯覚を覚えた。母を失った喪失感ははかり知れない。

「物言はぬ母となりけり鰯雲」

（『神のいたづら』）

黙深き兄の正座や流れ星

97

兄の怒った顔を見たことがない。いつもきちっと正座をして、穏やかである。難点は頑固であることだが、兄の一言一言は身に沁みる。父母の最期を一人で看取ってくれた。

「ゆつくりと兄のひと言春袷」は曹人さんが『赤い魚』の帯文に取り上げてくれた。

（『神のいたづら』）

初鶏の母呼ぶやうに顔上げて

98

玉 立里山谷保での作。石田郷子さんが長く住んでおられたので良く吟行にいった。神鶏に会うのが楽しみの一つである。紅の鶏冠。風貌が堂々としていて孤高のようだ。時々長い首を天に向けて鳴くのである。声をしぼって鳴く姿は、母を呼んでいるようだと思った。梅林が有名で六月には青梅で満たされる。「青梅を葬のごとく通りけり」と詠んだ。

（『神のいたづら』）

地球上の黴として我君臨す

99

「天為」の先輩に声を掛けていただき、有馬朗人の全句集を読み解くという壮大な計画を二十人の同志と五年三か月をかけて満願した。読み解いた結果を毎回一冊の本に纏めた。全句集読み終えた時、対馬康子が一ページを割いて「天為」に取り上げてくれた。感極まるものがあった。研究会同志にとってこの一ページは生涯記憶に残るものとなった。俳人で評論家の坂本宮尾から「百回おめでとうと言いたい。」「立派」という封書をいただいたときは涙があふれた。

（『神のいたづら』）

東京に富士見ゆる日や種おろし

100

有馬朗人全句集を読み解いた後、俳人で評論家の筑紫磐井が「俳句新空間」に数回に渡って取り上げ、論じてくれた。初めて「読み解く」ということから解放され、自らに納得させることが出来た。関わってくれた多くの人、俳句の道へ導いてくれた人に「有難う」という言葉を記し、自註句集最後を締めくくりたい。

（『神のいたづら』）

俳句をつくる上でわたしが大切にしている三つのこと

こほろぎのこの一徹の貌を見よ　青邨
人われを蟷螂と呼ぶ許すまじ　曹人
根の国のこの魴鮄のつらがまへ　朗人

この三句に共通するものは「一徹なつらがまえ」である。小動物に転化した自嘲の句である。「こほろぎ」「蟷螂」「魴鮄」の顔をじっと見てみるといずれもただならぬ貌に見えてくるのである。この三人の一徹な生きざまに刺激を受け、そのことを大切に自分の中で育てながら、私もまた俳句に真摯に向き合って来ることが出来たと思う。

「一徹の貌」青邨

私は主治医から渡された一冊の「夏草」誌を頼りに俳句の道に入った。したがって最初から俳句に対する文学観、芸術観、をもって俳句の道に足を踏み入れたものではない。俳句をやっていく中で見えて来たものが「大切にしている三つのこと」であったと思う。

仲間とやっている勉強会で青邨ってどんな人？　と聞かれたことがある。私は迷わず「こほろぎのこの一徹の貌」を挙げた。この句は最も山口青邨を表していると思うのである。私はこの「一徹の貌」から多くを学び、我が俳句の道しるべとした。この句には、一歩もゆずらない気魄、我が道を行くという烈しさがあり、青邨は温厚であったが、厳として妥協を許さない厳しさをもっていた。弟子たちは鶏冠と揶揄していたほどであった。真面目だからこそ立ち上がって来るユーモアを我々は愛した。青邨が学者であったことも一つの要因であった。次の句からも青邨の生きざまが見えて来る。「凍鶴の一歩を賭けて立ちつくす」である。私はこの句を「夏草」新人賞を頂いた時にご褒美に書いていただいた。凛とした気魄の中にどことなく青邨流の滑稽がある。青邨はみちのく盛岡の人。南部人の愛すべき頑固さ、一徹さ故に顕ち現れる滑稽、青邨の詩の根底には故郷「みちのく」がある。「みちのく」は青邨の代名詞ともなった。青邨は「みちのく」を「つたなき性」と詠み、「醜い」とも書いた。これは自嘲であって、決して「醜い」とは思っていないのである。そこに真実をもとめ、弱いもの、醜いものをむしろ愛し、美化しているのである。その精神性が凄いと思った。

言うまでもなく「夏草」主宰山口青邨は俳人である前に学者であり、文章家であった。この学者で文章家であることが私にとって重要なことであった。虚子、青邨は俳句に入る前にすでに文章家としてその地位を確保していた。私が「書く」ということに興味を持ったのは青邨の影響であった。青邨の「雨」という随筆に出会った時の衝撃は今でも鮮明に覚えている。昭和六年「山会」で発表されたもので、虚子の絶賛を受けた。秋櫻子は文章が流れるようだと言った。青邨の文章は平明である。この平明であるということが私にとって重要なことであった。文章は写生文でありながら奥が深い。青邨のオノマトープには躍動感がある。独特の文体には不思議な力がある。青邨は文章、評論においても数々の業績を残している。青邨のことをもっと知りたいという願望が次第に膨らみ、文章、評論を読み漁った。そこから虚子との関係、秋櫻子との友情が面白くその時代の背景を探るということに力を注いだ時代であった。今そのことが自分の俳句人生に大きな糧となっている。「夏草」誌に出会えたこと、青邨の一徹さから学べたこと、だれもが経験出来ることではあるまい。

青邨は一貫して紳士的男性的、曲ったことが嫌いな人であった。その先生のところに集まって来た人々は自ずと学者タイプで紳士的で凛と一本筋の通った人々であった。初めて句会に出たその日から大先輩、古舘曹人・有馬朗人・黒田杏子・鳥羽とほる・上井正司など、俳壇でも一目置かれる人たちであった。その大先輩と俳句を始めて一日目の私が同席するという、今となっては考えられないことを経験した。そのチャンスを与えてくれたのが黒田杏子であった。つまり、「夏草」には上下関係は存在しなかったのである。誘われるままにそれに従った。その過程で多くのことを学ばせていただいたのだと思う。最も大切にしていることを挙げるとすれば、その貴重な出会いを今も大切にしていることである。

青邨から学んだ生き様はその後の私を決定づけた。「たんぽゝや長江濁るとこしなへ」の作者はときに「をばさんがおめかしでゆく海贏うつ中」「吸入の妻が口開け阿呆らしや」と詠んだ。青邨の遊びごころはだれからも愛された。字余り、字足らずは一向にかまわなかった。青邨からは俳句の「こうあるべき」などは教わることはなかったので自ら自分の道を切り開いていく必要があった。青邨の遊びごころには学者としての品格があった。そのことは非常に重要なことであった。

人は髯鮭は南部の鼻曲

青邨九十一歳のときの作品である。最後まで故郷みちのくを愛し、南部人として誰にも居場所を知らせず潔い最期を遂げられた。「夏草」の人はみんな曹人が好きであった。尊敬した。その生きざまが我々に与えた影響は計り知れない。

一徹に生き蓑笠や百日紅

の句を残した。曹人もまた一徹を貫いた人であった。

「魴鮄のつらがまへ」朗人

朗人は弟子に「さぼらないこと」「努力すること」を説かれた。それを最も実行したのが朗人であった。最後のその時まで朗人は努力を惜しまなかった。その後ろすがたを見てそれに従った。お蔭で今までさぼることなく俳句道をまい進することが出来た。

「根の国のこの魴鮄のつらがまへ」には朗人特有のユーモアがある。まず「根の国」である。朗人は虚実の世界を自由自在に使い分ける能力をもっている稀に見る詩人であった。言い換えると想像の世界を膨らませて、いかに詩にしたてあげるかに力を注いだ。朗人は詩人になろうと思ったくらいで、俳句は「詩」であることを説いた。そして自らも「牛も走る枯野に夜が迫る時」「水中花誰か死ぬかもしれぬ夜も」「梨の花郵便局で日が暮れる」などを作った。童話的牧歌的発想はわれわれの憧れであった。周りを見渡してもこれに匹敵する俳人は知らない。俳句は詩であるべきと説き朗人独自の句境を開いた。海外俳句を日常のレベルに引き上げた。世界と日本の文化の懸け橋となった人であった。

有馬先生とは俳句を始めたその日から、いつも兄のように後ろからついて行った。家も近かったことがさらに有馬先生との距離を近くしていった。青邨先生の句会に行くときは、いつもバス停で待ち合わせて行った。つまりこの時間が私にとって貴重な時間であったことを今にして思うのである。西脇順三郎では「あむばるわりあ」がいい、斎藤茂吉では「赤光」がいいと熱心に話してくれた。私は先生の良いというものを片っ端から買って読んだ。有馬先生から学んだことが今の私を形成しているのである。頭脳明晰、飛びぬけた才能、優れた偉業を数々成してこられた人とは思えない振舞いはだれからも尊敬された。俳壇でも稀有な人であった。

この稿を書き終えたとき、有馬先生の訃報が届いた。常に百二十歳をとなえていたのでショックは大きく、ぽっかりと心の中に穴が開いたままである。私は、すでに評論集『一粒の麦を地に』『有馬朗人を読み解く』全十巻を残していたことは少しの救いであった。有馬先生のことを読み解くことは私のひかりでもあった。今その灯がふっと消えてしまった。有馬先生の努力を見て育った私は、さぼることを許されなかったことが今に続いている。

ごろすけほう弥勒の世までまだ遠い

この句を残して逝ってしまわれた。
先生の最後の句は

迷はずに蛇石仏の穴にいる

であった。有馬先生に教わったことは私の心の抽斗に大切にしまわれている。

この一書を俳句の師であった故有馬先生、そして、俳句の道に導いてくださった主治医故久富先生に捧げる。二人の先生とは五十年余のお付き合いであった。私の人生にいつも寄り添ってくれた大切な人を失った。

初句索引

あ 行

か 行

さ 行

た 行

著者略歴

津久井紀代（つくい・きよ）

1943年6月29日　岡山県生
1975年　「夏草」入会　山口青邨の指導を受く。
1980年　「夏草」新人賞を受く。
1981年　古舘曹人に指導を受く。
1988年　有馬朗人に指導を受く
句集『命綱』『赤い魚』『てのひら』『神のいたづら』
評論集『一粒の麦を地に』『有馬朗人を読み解く』全十巻

「天為」同人　「枻」同人　「天晴」発行人

住所　〒180-0003　東京都武蔵野市吉祥寺南町3-1-26

発　行　二〇二一年三月一〇日　初版発行
著　者　津久井紀代 ©2021 Kiyo Tsukui
発行人　山岡喜美子
発行所　ふらんす堂
〒182-0002　東京都調布市仙川町一―一五―三八―2F
TEL（〇三）三三二六―九〇六一　FAX（〇三）三三二六―六九一九

シリーズ自句自解Ⅱベスト100　津久井紀代

URL http://furansudo.com/　E-mail info@furansudo.com
振　替　〇〇一七〇―一―一八四一七三
装　丁　和　兎
印刷所　日本ハイコム㈱
製本所　三修紙工㈱
定　価＝本体一五〇〇円＋税
ISBN978-4-7814-1360-0 C0095 ¥1500E

シリーズ自句自解Ⅱ　ベスト100

第一回配本　後藤比奈夫
第二回配本　和田悟朗
第三回配本　名村早智子
第四回配本　大牧　広
第五回配本　武藤紀子
第六回配本　菅　美緒
第七回配本　仁平　勝
第八回配本　桑原三郎
第九回配本　渡辺純枝
第十回配本　酒井弘司
第十一回配本　山口昭男
第十二回配本　対中いずみ

以下続刊